DECLARATION
DES PLVS IMPOR-
TANTES ET PRINCIPALES

raisons qui font recognoistre la necessité d'vne assemblée generale
des eglises reformées en la ville
de la Rochelle pour le seruice
du Roy & conseruation
desdictes eglises.

A PARIS,

————————————

1617.

EN premier lieu, il est notoire à chacun que les armes se prenent presque par tous les endroits de ce Royaume, & mesme es pays circonvoisins.

On sçait que tous ceux qui les prenent en ce Royaume, ont pour pretexte le seruice du Roy, & neantmoins on ne laisse pas de voir former deux parties contraires, qui n'ont pour but que la ruine l'vn de l'autre de laquelle s'ensuiura necessairement celle de l'Estat, & particulierement desdites Eglises, si par vne prompte & meure deliberation on ne destingue le vray seruice du Roy d'auec le faux & supposé, afin que les vrays François & bons seruiteurs du Roys tiennent vnanimement colés à la verité de son seruice, & fuyent toute supposition & fausseté, ce qui ne se peut legitimement resouldre pour ce qui concerne lesdites Eglises qu'en ladite aséblée generale.

Car les particuliers de quelque grande & eminente qualité qu'ils soient, ne se peuuent attribuer cette prerogatiue d'en faire eux-mesmes le iugement au preiudice du droict desdites Eglises, desquelles n'estans que membres, ils ne peuuent, quoy que grands & honorables, constituer le total du corps, ni faire passer leurs determinations particulieres en force de Loix publiques, cóme s'ils en estoient les chefs. Que s'il se trouue des gens portez à suiure leurs inclinations, il s'y en peut trouuer autant ou plus qui auront vn sentimét contraire, qui ne pourra produire qu,vne horrible confusion dans lesdites Eglises desquelles l'vnion & bonne correspondance des vnes auec les autres & grandement vtile, & quasi necessaire au seruice de Dieu & du Roy, & à la conseruation de son Estat.

Secondement les Ediɗs de Nantes, & de Loudun ne demeurent pas seulement sans execution en plusieurs chefs qui concernent le bien desdites Eglises, mais qui pis est, sont iournellement enfrains & violez a leur preiudice par les nouueaux ministres de l'Estat, & autres personnes mal affectionnees au bien desdites Eglises. Surquoy les plaintes & supplicatiõs de leurs Deputez generaux ayant iusq'a present esté inutiles, le seul remede qui reste, pour les porter auec effet aux aureilles de sa Maiasté, est la voix de la dite assemblee generale. Qu'ainsi ne soit, il n'est celui qui ne sçache que despuis la publication dudit Ediɗ de Loudun lesdits deputez generaux n'ont peu obtenir que les Commissaires que le Roy deuoit envoyer par les Prouinces pour l'execution d'icelui & de ce qui restoit à executer del'Fdiɗ de Nantes en faveur desdites Eglises, se soient encores acheminez, bien qn'il na't gueres moyns d'vn an que lediɗ Ediɗ de Loudon à este publié, & que celuy de Nantes ait long temps, y a este executé entout ce qu'il contient de fauorable à ceux de l'Eglise Catholique Apostolique Romaine.

On a refusè diriger deux offices de maistres des Requestes de l'hostel du Roy en faueur de deux personnes de la Religion, suivant ledit Ediɗ de Nantes & de Loudun, ainsi que lesdiɗs Deputez generaux ont pieça fait voir aux Prouinces.

On a demoli le Fort ds S. Denys aux faux bourgs de Gergeau, pour rendre la dite ville de seureté inutile aux Eglises, & leur boucher le passage de Loyre, priuant par ce moyen les Eglises qui sont entre les riuieres de Seine & er Loyre de toute retraiɗe asseuree en cas de necessité.

On a refusé d'establir vn gouverneur en la ville & Cabsteau de Sanserre, selon la promesse du feu Roy, de glorieuse memoire.

Apres l'arest prins en Conseil conformemént au traicté de Loudun que le sieur d'Angalin seroit remis dans le Chasteau de Lestoure, place d'asseurace pour lesdites Eglises, & des plus importantes qui soyent en ce ce Royaume, on a changé d'aduis sur la promesse qu'on a tiree du Seigneur de Fontraille qu'il se rendra Catholicque Romain quant on luy commandera. & par ce changement ledit sieur d'Angalin demeure priué de son gouvernemēt, & les Eglises tant du Chasteau que de la ville qui leur est tres-importāte.

La Cour de Parlement de Paris contre l'Edict de Nantes, a supprī l'Estat deu feu sieur de Coudré Conseiller en la dite Cour, affecté par ledit edict à vne personne de la Religion.

On a saisi la ferté au Vidame, place appartenante en propre au Seigneur de Vidame de Chartres, qui fait profession de la Religion, dans laquelle on a mis garnison aux despens dudit Seigneur, lequel ayant presenté requeste au Roy par le moyen desdits Deputez generaux, pour faire retirer ladite garnison, essant de se presenter en son Baillage suyuant l'ordonnance de sa Maiesté pour renouueller le serment de fidelité, duquel on ne sçauroit monstrer qu'il se soit iamais departi, n'auroit peu obtenir aucune responce à sa requeste.

On auroit deffendu aux Suisses de la religion qui sont en garnison à poictiers d'aller au Presche, ce que par partie de raison on pourra ausi deffédre au Escossois & Suisses de la garde du Roy, qui n'ont iamais efté empechez en l'exercice de leur religion dans ce Royaume.

Le Seigneur Duc de Bouillon f'eftant plaint des entreprinfes que l'Archiduc de Flandres & autres auoient fur la ville de Sedan, qui eft de la protection de France, & vnie aux Eglifes de ce Royaume, n'a peu obtenir fes demandes, ains a efté depuis peu declaré lui-mefme criminel de leze Maiefté, qui eft caufe que faifant le dit Seigneur profefsion de la Religion, & requerant l'afsiftance des Eglifes, la feule confideration de fa perfonne eft fuffifante de conuoquer vne affemblee generale, pour ne rien refoudre mal à propos fur vn fait de telle importance.

Pour introduire au Royaume de Nauarre & Souuerainité de Bearn l'Edict de Nantes contre ledict traicté de Loudun, & declaration expreffe de fa Majefté octroyee en confequence d'iceluy en faueur des Eglifes du dit Royaume & Souuerainité, on a refolu l'vnion temporelle defdits Royaume & Souueraineté à cefte Couronne.

Par cefte vnion on ofte aufdites Eglifes qui font vnies à celles de France, tout moyen d'entretenir leurs Miniftres & College, On fait les Euefques & autres ecclefiaftiques Prefidents aux Eftats generaux & Cour de parlement de Bearn On priue le Seigneur de la Force de fa charge de Gouuerneur & Lieutenant general efdits pays, & le Seigneur Marquis de la Force fon fils aifné de la furuiuance efdites charges en la quelle il a defia efté receu.

Finalement on caffe la garniffon de la ville de Nauarreux fcituee fur la frontiere d'Efpagne, ce qui la rendra prenable à l'Efpagnol, qui pourra par le moyen des Canons & autres munitions de guerre qu'

font en fort grand nombre & quātité dans ladite place, battre & conquerir les meilleures places de Guyé-
ne, & passer quand bon luy semblera dans le teste de
la France.

Vne partie de ces mencontentemens generaux,
ioinɛts aux entreprinses manifestes sur la ville & gou-
uernement de la Rochelle, & le peu de fruiɛt que
leurs diuerses deputations en Cour ont aporté sur ce
subieɛt, ont fait iuger aux Deputez des six Prouinces
conuoques en ladite ville, la necessité de ladite assemblee generale. C'est pourquoy ils l'ont inditte au quinziesme du mois prochain, auec tant de contentemen
pour le public, qu'il ne faut nullement doubter que
plusieurs des Deputez desdites Prouinces pour monstrer l'affection qu'ils portent tant au bien general
desdites Eglises, qu'au particulier de ladite ville, ne
soyent desia en chemin pour si trouuer des premiers

Ceux qui par le refus de pouruoir à temps ausdites
plaintes, ont fait recognoistre par tout la necessité
de la dite assemblee, & le peu de bonne volóte qu'ils
ont pour nos Eglises, pour empescher la tenue de
ladite assemblee pensent par le contentement particulier qu'ils sont côtrains d'offrir à la dite ville, estouf-
fer les plaintes generales, & persuader au peuple que
la dite assemblee est vn moyen pour nous ietter en la
la disgrace du Roy, & nous porter à la guerre contre
nos propres reiglemens, qni deffendent à la Prouince qui est sans grief de conuoquer les autres, a toutes
lesquelles obieɛtions la response est aisee,

Car pur cômencer par le plus important, c'est iuger tres mal de l'intention des Eglises de presumer
qu'elles vueillent rien entreprendre contre le seruice
du Roy & quant on auroit desia donné ceste impres-

fion d'elles à fa Maiefté, il leur importe grandement
de faire voir le contraire par effect, & fe conſeruet
par ce moien en l'honneur des bonnes graces de ſa
Majefté: comme ſes tres-humbles & tres fideles ſu-
jects & feruiteurs.

Et doit-on croire qu'il n'y à nul moien de paix au
monde, ou il giſt en la conuocation de ladicte affemblee, feule capable d'empefcher ceux qui doiuent
defpendre d'elle, de fe partialifer, & de ramener tous
leurs defirs & volontez à la paix & tranquilité publi-
que, laquelle ils efperent & attendent de la feule cle-
mence & bonté du Roy fur les tres-humbles fuppli-
cations que ladicte affemblée luy en poutra faire ſuy-
uant les vœux & fouhaits communs,

Quant aux reiglemens fufdits il n'y à nulle contra-
uention en iceux en ladicte conuocatió, veu les iuftes
plainctes fur lefquelles elle à efté faicte, & dôt la plus
part durent encore. Ioinct qu'en vn defreiglement
fi general q̃ celuy que l'on remarque en l'Eftat, on
ne fçauroit trouuer vn reiglement plus fort que celuy de la neceffité, fondée de tout temps à ne rece-
uoir la Loy de perfonne, & la donner à tout le móde.

Que s'il faut iuger de ladite neceffité en general,
comme de pluſieurs autres queſtions tres importan
tes en particulier, les Deputez de trois ou quatre Prouinces ne doiuent point ſauf leur meilleur aduis, en-
uier á l'affembllee generale defia conuoquee l'honneur & la gloire d'en faire le iugement, qui fera d autant plus folide & moins ſubiect á lenuie que plus il
fera vniuerfel.

A tant bien que fous ombre d'vn contentement

particulier que par vn contre-temps on offre à ladite
ville à la veille de la ladite assemblee, on pense obtenir qu'elle contre-mande les Deputez qui se doiuent
trouuer en icelle au quinziesme du moys prochain
Les gens de bien amateurs du repos public, & de
l'honneur de la dite ville & Prouince, ne laissent pas
d'esperer, voire de s'asseurer qu'vsant de sa prudence
accoustumee elle se gardera d'offenser lesdites Prouinces, par ledit contre-mandement, & ne voudra
nullement se priuer de l'honneur d'auoir donné le
moyen à toutes les Eglises de pouruoir à la seurté generale, dans laquelle se trouuera touiours la parti-
culiere de ladite ville, qui obligera grandement toutes les autres du Royaume, & sur tout celles qui sont
de mesme religion, en leur faisant recognoistre qu'el
le ne trouue iamais son contentement particulier se-
paré de celuy du public, & par vne action si memora-
ble se comblera d'honneur & de gioire á iamais pour
auoir si dignemét procuré le bien du seruice du Roy,
& des autres Eglises ses compagnes, qui luy en seront
eternelement redeuables & obligees a prier Dieu
pour sa conseruation & prosperité, comme de la ville Capitainesse qui est continuellement en guet &
en garde pour leur maintien & seureté. Amen.

www.ingramcontent.com/pod-product-compliance
Lightning Source LLC
Chambersburg PA
CBHW070303220626
46818CB00018B/2400